KB218735

개미

말의 가치를 일깨우는 철학 동화
개미

초판 1쇄 발행 | 2005년 9월 30일
초판 17쇄 발행 | 2023년 7월 10일

글 | 위베르 니쌍
그림 | 크리스틴 르 뵈프
옮긴이 | 유정애
펴낸이 | 조미현

펴낸곳 | (주)현암사
등록 | 1951년 12월 24일 · 제10-126호
주소 | 04029 서울시 마포구 동교로12안길 35
전화 | 365-5051 · 팩스 | 313-2729
전자우편 | editor@hyeonamsa.com
홈페이지 | www.hyeonamsa.com

L'É trange guerre des fourmis
by Hubert NYSSEN and Christine Le BOEUF

ISBN 978-89-323-1329-0 03860

말의 가치를 일깨우는 철학 동화

위베르 니쌍 지음
크리스틴 르 뵈프 그림
유정애 옮김

ⓖ 현암사

루이즈와 쥘을 위하여

언젠가 너희에게 물은 적이 있지.

"개미의 색깔이 무어라 생각하니?"

너희는 말했어.

"그야 물론 까만색이나 빨간색이죠!"

난 너희를 놀려 주려고

또 물었어.

"초록색이나 **파란색**은 아니고?"

그러자 너희는 놀라서 소리 질렀지.

"초록색 개미와 파란색 개미라고요?

말도 안 돼요!"

내가 **개미 이야기**를 쓰겠다고

생각한 것은 그때였어.

아주 오래전에 살았지만

어떤 끔찍한 사건으로

한순간에 사라져 버린

초록개미와 **파란개미** 이야기.

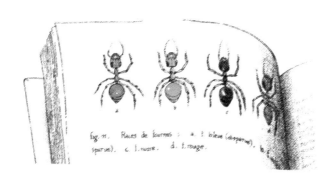

fig. 11. Races de fourmis : *. t. bleue (disparue).
spérue). c. t. nussete. d. t. rouge.

내 이야기에 나오는

파란개미와 **초록개미**는

괴물이 아니란다, 그렇고말고!

이 개미는 너희가 아는 개미와 똑같아.

나쁜 뜻 없이

어쩌다 잘못해서 개미집 입구를

발로 건드렸을 때

엉망이 된 개미집에서

몰려나오는 개미 있잖아.

파란개미와 **초록개미**는

그런 개미하고

크기도, 사는 환경도, 습성도 똑같아.

일도 다른 개미처럼 혹독하게 하지.

태어나 죽을 때까지 거의 쉬지 않고 일만 하거든.

그러니까 이 개미들은 오로지 색깔만

파란색과 **초록색**인 거야,

까만색이나 빨간색이 아니라.

이것뿐이야, **파란색**과 **초록색**.

이것만 빼면 다른 개미하고 다를 게 없어!

파란개미와 **초록개미**가 있던 시대에도

매혹적인 요정이 살고 있었어.

요정은 팔랑거리는 날개옷에 눈부신

후광을 두르고, 보통 끝에 다이아몬드가 달린

마술봉을 갖고 있었지.

어떤 이야기꾼의 말로는,

요정은 울퉁불퉁한 두꺼비를

잘생기고 우아한 젊은 남자로

변신시킬 수 있었다더군.

이건 우리 할머니 할아버지들이

다 아는 이야기인데,

호박으로 화려한 마차를 만든 요정도 있었대.

그러고 보면 시대가 참 많이 바뀌었어!

12

파란개미와 **초록개미**가 살던 나라에는

엘로이즈라는 요정이 있었어.

엘로이즈에게는

사람과 물건은 물론 원하는 건 뭐든지

다른 것으로 바꿔 버리는

능력이 있었지.

그런데 엘로이즈는 이 능력을

자신의 호기심을 채우는 데 이용했어.

무슨 뜻인가 하면……

마술봉을 들고 남의 일에

이것저것 참견한 거지!

그래서 사람들은 멀리서 엘로이즈가 오는
모습만 봐도 모두 숨으려 했어.
초대하지도 않았는데 나타나
그 멋진 마술봉으로 여기저기 쑤셔 대는
못된 버릇을 알았으니까.
사실 엘로이즈는 누군가 눈에 띄면 언제나
그 사람이 누구인지, 어디를 가는지,
왜 이것을 이렇게 했고 저것을 저렇게 했는지
시시콜콜 다 알려고 들었어.
말꼬리를 돌리거나 입을 꿰매고 있어도
헛일이었지. 자신의 호기심을 방해하면
마술봉을 **"이얍!"** 하고 내리쳤어.
그러면 사람들은 수다쟁이가 되어서
더는 입을 다물지 못하고
말하고 싶지 않은 것도
자기도 모르게 술술 털어놓았어.

철부지 엘로이즈는

이렇게 알아 낸 비밀을
재미있어 했어.
더 고약한 짓은, 자기가 알게 된 비밀을
멋대로 지껄이고 다니면서
이웃을 이간질하고 싸움을 붙인 거지.
결국 엘로이즈가 가는 곳마다
난장판이 벌어졌어.
사람들이 그런 행동을 꾸짖으면
이 요정은 순진한 척하면서 변명했어.
"그냥 어떻게 되나 보려고 그랬던
거예요, 어떻게 되나 보려고요."
맙소사, 그냥 어떻게 되나 본다니!
개미들에게 관심을 가져 보겠다는
엘로이즈의 얄궂은 생각 때문에
그들에게 무슨 일이 생길지는 곧 알게 될 거야.

처음에는 개미들이 엘로이즈의 관심을

그다지 끌지 못했어.

어느 화창한 날, 엘로이즈는 들판에서 발길을 멈추고

개미들이 일하는 모습을 관찰하기 시작했지.

한참 동안 지켜보다가

개미들이 이토록 열심히 일하는 데

뭔가 이유가 있을 거라고 생각했어.

자신이 알지 못하는 이유 말이지.

알다시피 요정은 부자여서

일하지 않고 빈둥거리며 사는데다

타고난 게으름뱅이였거든.

그러니 개미들이 그토록 바쁘게

돌아다니며 열심히 일하는 것이

그야말로 **풀기 힘든 수수께끼**였지.

엘로이즈는 생각했어.

다가올 추운 겨울에 대비하여

식량을 모아 둔다 해도 이렇게까지

바쁘게 일하는 것은 이해할 수 없다고 말이야.

엘로이즈는 개미들한테

뭔가 딴생각이 있는 게 틀림없다고

확신하게 되었어.

"개미들아, 개미들아!
너희는 왜 그렇게 달려가니?"
이 요정은 정말 어리석기도 하지.
개미는 **인간의 말**을
알아듣지 못하는데 말이야.
엘로이즈가 아무리 물어도 소용없었어.
개미들은 곁눈질도 않고
질서 있게 열을 지어
가던 길을 계속 갔어.

"개미들아, 개미들아!
왜 너희는 내가 예의 바르게 묻는데도
대답하지 않니?
다시 한 번 물어볼게.
왜 그렇게 바쁘게 움직이니?"

이번에도 대답은 들을 수 없었어.

엘로이즈는 마침내 신경질이 났지.

"뭔가 비밀이 있지?

이 무례한 족속 같으니라고.

나한테 말하고 싶지 않은 거겠지…….

그러지 말고 말해 봐.

너희 색깔하고 관계있는 거니?"

그래도 개미들은 여전히

신경 쓰지 않고 총총히 갔어.

"개미들아, 개미들아, 날 화나게 하지 마.

자꾸 이러면 너희 스스로 털어놓게 만들 테다!"

엘로이즈는 벌써 잔뜩 신경질이 나서 말했어.

이렇게 위협하는 말을 한 순간

엘로이즈는 그만 알지 못했으면 좋았을

어떤 사실을 깨달았어.

엘로이즈는 혼잣말로 중얼거렸지.

"난 왜 이리 생각이 없담.

개미는 말을 할 줄 모르잖아.

그러니 대답도 할 수 없지.

하지만 개미들이 말을 하게 만들면

난 곧 그들의 비밀을 알게 될 거야."

그런데 잘 생각해 봐.

개미에게 언어가 없지는 않아.

요정은 곤충의 습성을 전혀 알지도 못한 거지!

오늘날 흔히 볼 수 있는 개미처럼

파란개미와 초록개미도

더듬이 끝으로 서로 더듬고

신호를 교환하면서 의사소통을 했어.

당연히 인간은 이런 언어를

이해할 수 없지.

개미 언어를 쓸 수 있는 건

에나 지금이나 **개미뿐**이야.

엘로이즈가 하려는 일은
엄청난 것이었어.
마술봉을 한 번 내려쳐서
개미에게 본디의 언어와 전혀 다른
새 언어를 주려 했으니까.
다시 말해, **입으로 말하고**
귀로 듣고 손으로 쓰는
우리 인간의 언어 말이야.
이런 변화가 생기면 곤충의 생활은
크게 혼란스러워질 수밖에 없어.
한번 상상해 봐.
너희가 오로지 몸짓을 주고받거나
손가락으로 톡톡 치면서
의사소통을 하다가
갑자기 말을 할 수 있는 능력이
생긴다면 어떻게 될까.
아마도 **어마어마한**
변화를 겪게 되겠지.

그러나 엘로이즈는 이런 것에는 관심도 없고,
머릿속에 오직 한 가지 생각밖에 없었어.
개미들의 속내와 비밀을 들추어
그들끼리만 통하는 암호를 알아낼 것.
다시 말해, 이 어리석은 요정이
자기만 따돌림당해서 모른다고 여기는
모든 사실을 캐내는 것이지.
엘로이즈는 자기가 하려는 일이 옳다는 듯
낮은 목소리로 중얼거렸어.
"이건 **잘하는 일**이야, 아주 **잘하는 일**이야.
개미가 하는 말을 듣게 되면 지금껏 학자들도
발견하지 못한 개미에 관한 지식을 알게 될 테고
그러면 학문도 진보할 테니까."

그래서 엘로이즈는
다이아몬드가 달린 마술봉 끝으로
언덕의 능선을 가볍게 치면서
엄숙한 목소리로 명령했어.

"말하라, 파란개미들아!
말하라, 초록개미들아!"

순간 한줄기 빛이 번쩍 나면서
하늘을 환하게 비추었어.
얼마 뒤 개미들이 깜짝 놀라
눈을 비벼 댔고
입에 뭔가 근질근질한 것을
머금은 듯한 느낌을 받았어.

머리카락 같은 것이 혀에 붙어 있는 느낌이랄까.

모든 개미가 거의 동시에

그 느낌을 떨쳐 버리려 애써서

괴상한 소리가 연달아 터져 나왔어.

개미들이 어찌나 하나같이

소리를 냈던지,

그 소리는 우렁찬 고함이 되어

언덕에 울려 퍼졌고

땅 밑에 사는 동물들은

무서워서 떨었어.

개미들 자신도 놀라 숨을 죽였어.

그러자 곧 소란은 가라앉았지.

잠시 뒤 조금 더 대담한 몇몇 개미가

무턱대고 새로운 시도를 했어.

폐 속에 차 있던 공기를 천천히 **빼내어** 보았지.

그러자 놀랍게도

말이 **술~술~** 나오는 거야.

"너무 당황하지 맙시다."

"우리에게 정말 신비한 일이 일어났군요."

"이것이 바로 '**말한다**'는 건가요?"

"쉿, 조용히 하세요. 내가 곧

말을 할 것 같습니다."

다른 개미들도 그들을 따라 했어.

그리하여 모든 개미는

새로운 언어를 쓸 수 있는 능력이

자신에게 생겼다고 선언했어.

여느 때는 밤이 올 때까지

정확히 시간을 지켜 일을 마쳤는데,

그날은 일하는 것도 잊고

하루 종일 이 사건에 대한 해설을 늘어놓았지.

마침내 아주 늦은 밤에야

(아니, 너무 이른 새벽인가?)

개미들은 잠자리에 들었어.

그것도 입 안이 바싹 말라

혀가 잘 안 돌아갔기 때문이지.

밤이 아주 짧았는데도

개미들은 아침에

즐거운 기분으로 깨어났어.

그러고는 곧 **단어들이 연주하는**

아름다운 음악을

다시 시작하고 싶어졌어.

한 개미가 말했어.

"안녕하세요, 안녕하세요?"

다른 개미도 말했어.

"안녕, 안녕!"

"당신에게 빛이

한가득 밝게 비추기를!"

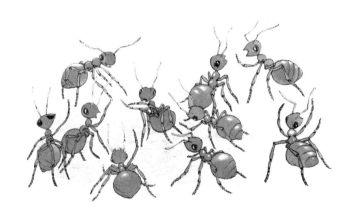

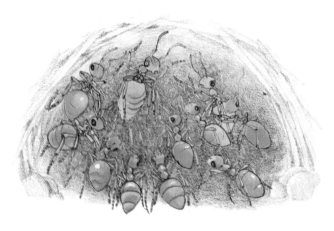

"태양이 당신을 즐겁게 하기를!"
"건강하게 오래 사시기를!"
"말이 당신을 돋보이게 하기를!
......
그것이 당신을 보호하기를!"
"우리 재산인 말이
영원히 우리 것이기를!"
"모든 말에 영광이 있기를!"

이어서 개미들은
말의 쓰임새에 대해 연구하는
회의를 열기로 했어.
초록개미와 **파란개미**가 동시에
이 생각을 떠올렸기 때문에

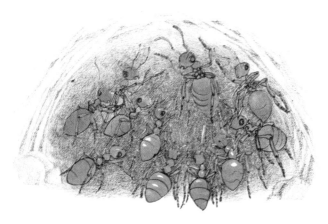

두 부족의 집에서 같은 시간에
회의가 열렸어. 각 개미집에서는
여왕개미가 연설했지.
"친애하는 개미 시민과 동지 여러분,
우리에게 **엄청난 기적**이 일어났습니다.
그런데 이 기적은……."
이때 각 부족의 여왕개미는
잠시 머뭇거렸어.
둘 다 기적이 어디서 왔는지
전혀 알지 못했거든.
파란개미의 여왕은
하늘에서 왔다고 했고,
초록개미의 여왕은
자연에서 왔다고 했지.

이어지는 연설은 얼추 다음과 같았어.

"이 **기적의 혜택**은 무한히 클 겁니다.

벌써 우리는 멀리서도 대화를 나누고

좀 떨어져서도 일 얘기를 할 수 있습니다.

이제 더듬이 끝이 닿을 때까지

상대방에게 달려가지 않아도 됩니다.

더 좋은 점은…… 보세요, 지금 이 순간

무슨 일이 일어나고 있는지. 말이 생긴 덕분에

전 지금 여러분 **모두에게 동시에 얘기**할 수 있습니다.

예전에는 제가 여러분 가운데 하나를 톡 치면

그 개미가 다시 다른 개미를 치고, 그 개미가

또 다른 개미를 치면서 대화했지요.

의사를 전달하려면 이어지고 이어지는

하나의 고리를 만들어야 했는데, 잘 아시다시피

갑작스런 사고로 중간에 끊어지기도 했습니다.

그런데 지금은……."

"노래를 부를 수 있어요!"

개미 무리의 맨 마지막 줄에서

목소리가 매력적인 한 개미가 외쳤어.

"시를 짓고 읊을 수 있어요!"

또 누군가 넌지시 말했어.

"자, 자, 조용히 하세요!"

각 부족의 여왕개미가 말했어.

그러고는 둘 다 이야기를 계속 했어.

"우리는 이 사태를 찬찬히 살펴볼 필요가 있어요.

저 자신도 **말이 가져올 수 있는**

위험에 대해 깊이 생각해 보았어요.

우리가 이미 수다로 위협받고 있다는 결론을 얻었어요."

"**수다**요? 그건 먹는 건가요?"

아주 어린 개미가 물었어.

"에고, 철딱서니 없는 것!

아니, 여러분은 수다가 뭔지 모른단 말예요?"

한 여왕개미가 말했어.

(다른 여왕개미도 똑같이 말했겠지.)

"그럼 **말하는 능력이 생긴 뒤에**

우리가 어제 하루 종일 **무엇을 했는지**

말해 보실래요?"

답을 아는 것이 자랑스러운
몇몇 개미가 여왕의 눈에 띄고 싶어서
동시에 크게 외쳤어.
"우리는 **말**하고 **말**하고 또 **말**했어요!"
여왕개미가 각자 말을 받았어.
"그래요, 바로 그것이 **수다**예요…….
오로지 **말하는 즐거움**만을 위해
말하고 말하고 또 말하는 거지요.
그런데 이렇게 말만 하면서
시간을 보내면 일하는 시간이
얼마 남지 않을 것이고
그러면 올 겨울에 굶주림으로 죽는
개미가 많이 생길 거예요……."
이렇게 두 부족의 여왕개미는
일하지 않고 **게으름** 피우는 것과
수다 떠는 것에 대해 각자 연설했어.
이제야 다른 개미들도
말이 자신들에게 **걱정거리**를 안길 수
있음을 깨닫기 시작했지.

마침내 혼란이 진정되었고 두 여왕개미는

각자 알을 낳는 방으로 돌아가면서 말했어.

"작업장으로!"

"작업장으로!"

개미들은 복창했고

함성을 지르며 밖으로 나갔어.

지금까지의 일했던 방식은

아주 빠르게 바뀌었어.

개미들은 아침마다 그날 해야 할 일을

정리하기 위한 회의를 했어.

그러자 **시간을 많이 아끼게** 됐지.

(말이 생기기 전을 생각해 봐.

그때는 의사소통을 하려면

더듬이 끝으로 한 명씩 차례차례

건드려야 했잖아?)

이어서 **계급**을 만들었어.

계급이 높은 개미는

농작물을 거둬들이는 일을 맡은

일개미에게 명령을 내렸어.

"어이, 거기, 외딴 길에 있는 당신,

오른쪽에서 첫 번째 꺾어지는 길로 가!"

또는

"2구역의 개미는

커다란 참나무 밑동에 있는

5구역의 개미들을 도와야 할 것 같소.

거기서 매우 풍부한 식량 지대가 발견되었소."

그뒤로는 일하는 시간이
예전만큼 즐겁지 않게 됐지.
개미들은 살짝 딴길로 빠져나가
키 작은 나무들 사이를 헤매는
소박한 즐거움을
이제 **누릴 수 없게** 됐어.

질서 지키기는 언제나
계급 높은 개미가 명령했어.
"217호 개미, 당신은 지금
줄을 벗어났소…….
원래의 길로 되돌아오시오!"
개미들은 노는 시간을 빼앗기고
정신없이 일만 해서

예전에 1주일 들였던 수확 작업을
하루 만에 다 해치웠어.
곳간과 지하 저장고가 곧 그득해졌지.
그래서 계급 높은 개미들은
일하는 시간을 줄이고
여가 시간을 갖기로 결정했어.

개미들이 자유 시간을
어떻게 보냈을 것 같아?

새로운 언어인 '**말**'을 쓰는
즐거움에 끝없이 빠져들었지.
극장이며 오페라하우스, 강연회장이 세워졌어.
수많은 직업이 새로 생기고
가수, 이야기꾼, 시인, 웅변가,
성악가, 소리꾼 등의
재능 있는 개미들이
나타나기 시작했지.
그런데 **초록개미**와 **파란개미**가
늘 사이좋은 이웃이었다고 말했던가?

이 부분은 이야기에서
아주 중요해.

'사이좋은 이웃'은 어쩌면
정확한 표현이 아닐지도 몰라.
차라리 두 개미 부족은
서로 무관심한 채 살았다고 ·
표현하는 것이 옳을 거야.
예컨대 파란개미 행렬이
어쩌다 초록개미의 영토를
지나가게 되면
몇몇 초록개미가 발딱 일어나

앞다리와 더듬이를 움직거려서
파란개미들에게 경고를 했어.
그러면 파란개미들은
가다 말고 되돌아서야 했지.
큰 말썽 없이
파란개미들은 뒤로 물러섰어.
물론 그 반대일 때도 마찬가지고.
오랫동안 지켜 온 관습에 따라
파란개미와 **초록개미**의 관계는
이 정도에서 벗어나지 않았어.

서로 미워하지도 않았지만
서로 사랑하지도 않았지.
다시 한 번 말하지만
두 개미 부족은
서로 **무관심**했어.

그건 그렇고,
초록개미와 파란개미가
어떻게 자기편을 구별하는지 알아?
바로 **냄새**를 통해서야.
개미는 모든 것을 냄새로 구별하거든.
자기와 다른 냄새를 풍기는 곤충과
함께 있기를 견디지 못하는 것 같아.
그러니까 초록개미가
파란개미를 색깔로 알아본다는 생각은 버려야 돼.
그 반대일 때도 마찬가지겠지.
개미는 자세히 관찰할 줄 아는
인간의 눈에만 **파란색**이나 **초록색**으로 보일 뿐이야.
개미한테는,
그리고 개미들 사이에서는
냄새만 문제될 뿐이지.

그런데 개미에게 말이 생긴 지 몇 주일 됐을 때
작은 사건이 일어났어.
어느 날 아침 **초록개미**들이
파란개미의 영토에서 길을 잃은 거야.
파란개미들은 즉시 발딱 일어섰어.
하지만 예전에 늘 하던 대로
더듬이와 앞다리를 움직거리는 대신에
새로운 언어를 쓰는 것이 자연스럽다고 생각했어.
그래서 파란개미 하나가
앞다리를 모아 확성기처럼 입에 대고 소리 질렀어.
"물러서라, 초록개미들아!"
초록이라는 말을 생각하지도
않았는데, 파란개미 입에서는
그 말이 튀어나왔어.
새로운 언어의 모든 단어가 그랬듯이
그 단어도 그냥 입에서 나온 거야.
다른 파란개미가 한술 더 떴지.
"여기서 너희가 할 일은 아무것도 없어."
이어서 세 번째 파란개미도 한마디 했어.
분명 자기도 말을 잘할 수 있음을
보여주기 위해서였겠지.

"충고하는데,
물러나는 게 좋을걸."
이 말에 초록개미들은
기분이 상했어.
초록개미 하나가
좀 빈정대며 말했어.
"몰랐는데, 정말 친절하군!"
좀 더 성질이 사나운 초록개미가
소리를 질렀지.
"좀 예의 바르게 굴면 큰일 나냐?"
뒤이어 말대꾸가 몇 번 더 오갔어.

"우린 너희에게 떳떳하지 못한 거 없어."
"너희 땅으로 돌아가!"
"그럼, 너희는 거기 꼼짝 말고
남아라!"
......

그러고는 잠잠해졌어.
두 부족 가운데 평화를 사랑하는
몇몇 개미가 그렇게 법석 떨 만한 일이
아니라고 말해서였지.
이 사건은 그날 저녁 두 부족의 집에서
다시 이야깃거리가 되었어.

"초록개미들은 뻔뻔스러운 것 같아."
파란개미 하나가 말했어.
"교육을 잘못 받았어."
다른 파란개미가 한술 더 떴지.
초록개미의 집에서는
파란개미들이 거만하다는
의견이 나왔어.
"그쪽으로 지나가는 게
왜 나쁘다는 거야? 자기들한테서
뭘 뺏어 오기라도 했나?"

말이 생기기 전에도 개미들은
분노와 비슷한 감정을
느낀 일이 있었을 거야.
그러나 가벼운 떨림 같은 것이
몸을 스쳤다가 사라지는 게
고작이었어.

그러나 지금은 새 언어인 **말을 씀으로써**
자신들의 **감정을 더 부풀리게** 되었어.
이해하기 쉽도록 우리와 관계되는 예를 들어볼게.
'춥다'란 것은 하나의 사실이야.
그런데 춥다고 "나 추워." 하면
상황은 완전히 달라지지.
추위가 말로써 더 생생해지는 거야.
더위, 배고픔, 목마름, 사랑,
분노 같은 것도 마찬가지야.
따라서 **파란개미**들이 **초록개미**들더러
교양 없다고 했을 때 이 말로
'교양 없다'란 사실이 더 크게 와 닿았던 거야.
초록개미들이 **파란개미**들더러 건방지다고
했을 때도, 이 말이 초록개미들의
머릿속에서 크게 울렸던 거지.
"파란개미들은 그 땅이
자기네 것이란 표지판 따위는
아예 세울 생각도 하지 않는 것 같아."
어떤 초록개미가 덧붙여 말했어.
"무엇보다도 그들한테 기죽지 말아야 해!"
다른 초록개미도 말했어.

파란개미네 집에서도
초록개미네 못지않게
열띤 토론이 벌어졌어.
"초록개미들도 지난 홍수 이후
이 땅이 줄곧 우리 것이었다고
분명히 기억할 텐데."
"이런 일이 계속된다면
울타리를 쳐야 할 거야."
마침내 두 개미 부족은
똑같은 결론을 내렸어.

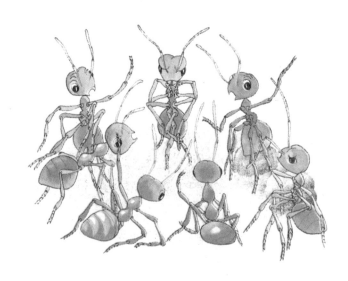

"이제 더는 저들이 마음대로 하도록 놔둘 수 없어!"

며칠 뒤

(앙갚음이었을까?)

이번에는 파란개미들이

초록개미들의 영토를 침범했어.

즉시 **거친 말**이 오갔지.

"여기서 꺼지지 못해!"

"그 **말투**부터 좀 바꾸지 그래?"

"아니, 너희 내 말이 안 들려?"

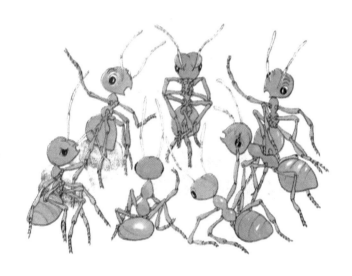

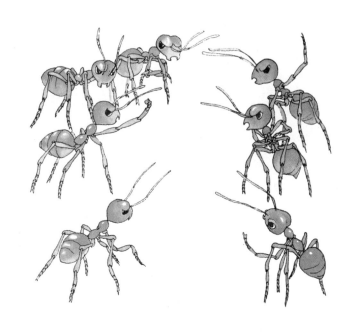

"너희, 정말 내 **신경 건드린다**……."
"그러는 너희는 정말 **힘 빠지게 한다**……."
"교양 없는 것들!"
"멍텅구리들!"
이런 싸움은 길게 얘기할 필요 없을
만큼 잘 알고 있을 거야.
우리 주변에서는 이렇게
상대방의 코라도 베어 먹을 듯한
다툼이 거의 날마다 벌어지니까.

그날 저녁 두 부족의 집에서는

그 싸움만이 문제되었어.

고요한 밤, 개미들의 조용함에

익숙했던 동물들은 땅 밑에서

올라오는 이상한 **웅성거림**과

으르렁대는 소리를 들었어.

누구도 눈을 붙일 수 없었지.

들어 봐,

파란개미들과 **초록개미**들의 소리를!

아우성치고 **욕**하고

목이 터져라 **고함**치는

저 소리를 들어 보라고!

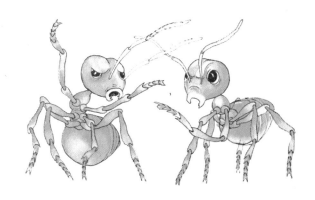

"**파란개미**들은 **앙갚음**하려고
그런 짓을 한 것 같은데
그냥 넘어갈 수 없는 일이야!"
"**초록개미**들은 너무 야만적이야!"
"이제 그들이 **우쭐**대는 것을
그만두게 할 때가 됐어!"

"이런 무례함은 끝장내야 해!"

"우리는 사죄를 요구한다!"

"우리는 사과를 원한다!"

아, 이게 웬 난리법석이람!

… …

소란은 새벽에야 겨우 가라앉았어.

그날엔 아무 일도 없었어.

밤새 목이 터져라 소리쳐서

기진맥진해진 두 부족의 개미들이

해뜰 무렵에야 잠들었거든.

한낮에 눈을 뜨고도

일하고 싶은 마음이

조금도 생기지 않았어.

날마다 상황이 조금씩

나빠져서, 두 부족의

몇몇 나이 든 개미들은

파탄에 이르지 않으려면

무언가를 해야 한다는 결론을 내렸어.

그리하여 어느 날 밤,

나이 든 개미들은
다른 개미들 몰래 외딴 장소에서
비밀 회담을 열었어.

처음에는 좀 어려움이 있었어.
"당신네 **초록개미**들은 분별력이 없어요."
어떤 파란개미 할머니가 말했어.
"당신네 **파란개미**들은
교육을 제대로 못 받았어요."
어떤 초록개미 할머니가 대답했지.
지혜로운 개미들은 상황이 위험함을 깨달았어.
그리하여 다시금 파란개미와 초록개미가
이웃으로 평화롭게 살 방법을 찾는 데
초점을 맞추기로 했어.
"제 생각으로는 하늘에서 온 이 말이……."
"땅이에요!"
한 파란개미가 초록개미의 말을 끊었어.
"여러분, 여러분, 다시 **말다툼에**
휘말리지 맙시다. 하늘이든, 땅이든
아무래도 좋습니다."
다른 개미들이 말했어.

"조심하지 않는다면 말은 머지않아
독이 든 선물이 될 것이오."
어떤 개미가 말했어.
"나도 그렇게 생각합니다만,
말을 처음 받았을 때처럼
간단하게 없앨 수 없다는 게 문제입니다."
다른 개미가 말했어.
"바로 그런 까닭에 말과 관련된 법을
정해야 합니다."
"법을 정하자고요?"
나이 든 개미들은 이 의견을
곰곰이 생각해 보았어.
곧바로 여러 제안이 나왔어.
"침묵하는 시간을 정합시다."
"말을 안 하는 날을 하루 정합시다."
"단어의 수를 제한합시다."
"특정한 말을 쓰는 개미에게는
벌금을 물립시다,
무슨 뜻인지 아시겠지요?"
이때 아주 늙고 경험 많은
할머니 개미가 말했어.

"어리석고 무례한 말을 하고 싶은
마음을 자제하기란 매우 어렵소.
그래서 난 한 달에 한 번 이런 말을 할 수 있는
날을 정할 것을 제안하오.
아! 그러면 이날에는 여러분 모두
가장 끔찍한 말을 할 수 있게 되고
아무도 이 기회를 마다하지 않을 것이 분명합니다.
가장 성질이 사나운 개미들도 쌓인 감정을
풀 테고, 이후 한 달 동안
우리는 이웃과 평화롭고
다정하게 살 수 있을 겁니다."
이 생각은 비밀리에 모인 지혜로운
개미들에게 묘안으로 여겨졌어.
사실 이들은 별볼일없는 충고나
애매한 조언, 지킬 수 없는 규칙을
갖고 각자의 부족에게 돌아간다면
별 성과가 없을 것임을
잘 알고 있었거든.
하지만 파란개미와 초록개미가
한 달에 한 번 만나
마음에 맺힌 것을 모두

상대편에게 말한다면
그 다음에는 **사이좋은 이웃**으로
살 수 있을 것 같았어.
지혜로운 늙은 개미들은
각자 자기 부족을
설득하기로 하고
희망에 부푼 채 돌아갔어.
그들은 1주일 뒤 같은 곳에서
이번처럼 비밀리에
다시 만나기로 합의했지.
일의 성과를 상대편에게
알리기 위해서.

짐작대로, 이 늙은 개미들은
다시 만나지 못했어.
파란개미와 **초록개미** 양쪽 다
이들의 생각이 괴상망측하다고
몰아붙였거든.
늙은이들의 머리가 이상해졌다고
비난하면서 **배신자로 몰아**
개미집 깊숙한 곳에
가두어 버렸어.

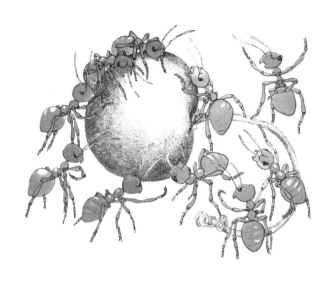

며칠 뒤 **새로운 사건**이 터졌어.

풀숲에 떨어진 과일 하나가

이 사건의 불씨였지.

크기로 보나 무게로 보나

개미들이 운반할 수 없는 거였어.

여기에서 맞선 두 부족의 개미들은

상대편을 완전히 **따돌린 채**

오로지 자기편만 과일을 차지할

권리가 있다고 주장했어.

무슨 권리인지는 알 수 없지만.

이번에 주고받은 말들은 **어찌나 상스러운지**
차마 글로 옮길 수 없군.
오늘날 자동차 운전자들도 이렇게까지
흥분하고 욕하지는 않는데······.
이 소란에 두 부족의 다른 개미들도
둥글게 모여들어 마주보면서
핏대 세우고 욕을 마구 했어.
다행히 폭력으로는 번지지 않았지.
저녁이 되자 과즙은 거의 다 땅속으로
스며들었고 제때 과즙을 얻지 못한 싸움꾼들도
지쳐서 집으로 향했어.
끓어오르는 분노로 마음이 새까만 숯덩이가
된 채로 말이야.

곧장 야단스러운 집회가 열렸어.
토론이 벌어졌지. 토론이라 할 수도
없겠군. 두 부족의 집에서는
모든 개미가 같은 의견인데도 서로 싸웠거든.
이제는 누가 옳은지가 아니라
누구 목소리가 더 큰지가
중요하게 된 거야.

한밤중이 되자
가장 입심이 센 개미들만
여전히 목소리를 낼 수 있었고
두 부족의 집에서는
똑같이 사악한 생각을 떠올린
개미들이 있었어.
파란개미 하나가 일어나 소란을
진정시키면서, 꾸며낸 목소리로
동료들에게 말했지.
"어쨌든 저들은 우리와 같지 않아요!
저 오랑캐들은! ······저들은 **초록**입니다!"
그러자마자 '**초록**'이란 말은
초라하고 촌스럽고
촐싹대고 초 치기 좋아하는
천박한 철면피라는 뜻으로 들렸어.

파란개미들은

초록이란 단어에 이 모든 의미가

들어 있는 느낌을 받았지.

아울러 그들은 **우쭐대면서**

자신들은 파랑이라고 말했어.

그러자마자 **'파랑'**이란 말은

파릇파릇 귀엽고

팔랑팔랑 친절하며

팔딱팔딱 싱싱하고

폭신폭신 부드러운

기분 좋고 황홀한 온갖 것을

가리키는 것처럼 들렸어.

같은 시간에 언덕 반대편에서는

초록개미 하나가

일어나 부르짖었어.

"뭐니 뭐니 해도 여러분은
저 오랑캐들이 **우리와 같지 않음**을
깨달았겠죠, 그렇지 않나요?
저들은 파랑입니다!"
그러자마자 '**파랑**'은 파괴적이고
파르르 성을 잘 내고
팔푼이인데다 파렴치하다는
뜻으로 들렸어.

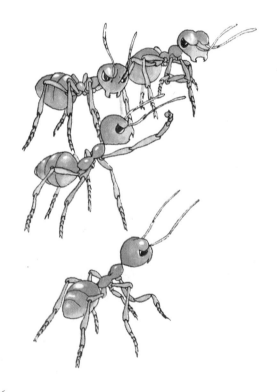

66

반대로 이 미치광이 초록개미들에게

'**초록**'은 총명하고 출중하고 충성스럽고

침착하고 천재적이고 창의적이라는 뜻으로 들렸지.

한편 머리가 모자라는 어떤 개미는

'초록'이 '초롱초롱'을 뜻한다고 생각했어.

초롱초롱이라……

뭐 또 다른 뜻 없나?

아무튼 이전까지는 서로 냄새를 통해 알아보던

개미들이 갑자기 **인간의 언어**에서 나온

말로 **색깔**을 발견해 그것을 마구잡이로 쓰게 된 거야.

"우리는 **초록색**인데 저들은 불쌍하게도 **파란색**이다!"

한 쪽에서 소리를 질렀어.

"우리는 파란색인데 저들은……

푸하하, 비참하게도 초록색이야!"

다른 쪽에서도 소리를 질렀어.

초록개미들은 어떤 것도 초록색을

따라올 수 없고, 특히 파란색은 자기네

발가락 끝에도 못 미친다고 생각했어.

파란개미들은 파란색이 으뜸이고

초록색은 어떤 면에서도 자신들의

비교 대상이 될 수 없다고 주장했지.

초록개미들이 외쳤어.

"초록색은, 그래, 초록색은 아름다운
자연의 상징이야. 초록색은 세상을
지배해. 세상은 초록색이니까."

파란개미들도 합창했어.

"파란색은, 생각해 봐, 파란색은 하늘의
상징이야. 파란색은 우주를 지배해.
우주는 파란색이니까."

다음날, 오로지 싸우고 싶은 마음만
가득한 파란개미들과 초록개미들은
개미 영토의 경계선으로
모두 몰려갔어.
한 쪽이 노래했어.
"초록개미들은 승리할 것이다!"
다른 쪽도 노래했어.
"파란개미들은 무적의 용사들이다!"

마침내 두 부족은 마주 보면서
욕을 해 대기 시작했어.
"우우우······
초록개미를 타도하라!"
"우우우······
파란개미를 타도하라!"
"파랑은 팔푼이 같은 색깔이다!"
"초록은 촐랑이들의 색깔이다!"
"**파란색**으로 사느니
차라리 죽는 게 낫지!"
"**초록색**으로 태어나느니
결코 태어나지 않는 게 낫지!"
"이 땅에 파란 오랑캐를 위한
자리는 없다!"

"**초록개미**들은 꺼져 버려라,
너희 땅이 아닌 이곳으로
두 번 다시 돌아오지 마라!"
"엉덩이를 걷어차 줄 테다!"
"빗자루로 쓸어 깨끗이 없애 버릴 테다!"
어리석게도 한 쪽은
파란색이 무적의 강력한 힘을 준다고 생각했고,
다른 쪽은 초록색이
불멸의 힘을 준다고 생각했어.
"우리는 이긴다, 초록색이니까!
파란개미를 죽여라!"
"너희는 박살날 거다.
우리는 파란색이니까! 초록개미를 죽여라!"

한참 뒤 더 심한 욕설도 생각나지 않고,

거의 둔감해진 위협을 반복하는 데도 지쳐 버린

파란개미들과 **초록개미**들은

서로 모래알을 던지기 시작했어.

그런데 모래알을 던진다는 건

개미들의 덩치로 보면

우리가 벽돌을 던지는 거나 같거든.

순식간에 개미 한 마리가

목숨을 잃었어. 그 개미가 **파란색**인지

초록색인지는 중요하지 않아. 그게 신호였어.

두 개미 떼는 증오심을 불태우며

상대편에게 돌진했어.

개미들은 전쟁에서 으레 하듯이 적의 목을 잘랐어.

자신과 **다른 색깔**의 개미를

우주에서 모조리 **없애 버리려**는 듯

무서운 기세였지.

파란개미와 초록개미는

크기도 같고 힘도 비슷해서

전투가 길고 끔찍하고 무자비했어.

밤새도록 계속되었지.

이러한 백병전에서 대부분의 개미가
전사했고, 목숨이 붙어 있는 몇몇도
팔다리가 잘리는 심한 부상으로
해뜰 무렵 **최후**를 맞았어.

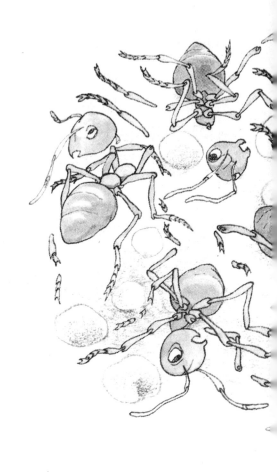

한편 요정 엘로이즈는

아침에 눈을 떴을 때 깜짝 놀랐어.

개미들의 **수다도**, 서로 **싸우는 소리도**

들리지 않았거든.

싸움터에 도착한 요정은

자신의 눈을 믿을 수 없었어.

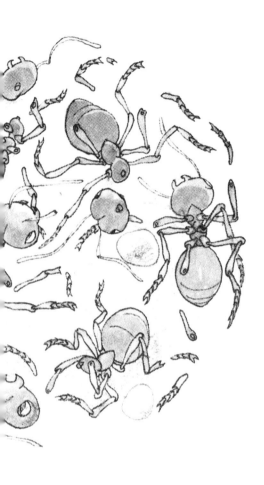

무슨 일이 있었는지 분명히 알아야 했지.
목이 잘린 개미들의 시체가
발 디딜 틈도 없이 땅을 뒤덮고 있었어.
좀 더 가까이 다가가자
개미들의 머리가 모래 속에서 굴러다니고
모래알과 뒤섞여 있었어.

처참한 개미들의 시체는 색깔도 알아볼 수 없었지.

죽음으로 색깔이 바랬으니까.

빛을 잃고 흐릿해진 시체들은 모두 비슷해 보여서

그것이 원래 **초록색**이었는지

파란색이었는지

구별할 수 없을 정도였어.

그러면 두 부족의 개미집

깊숙한 곳에 갇힌 늙은 개미들은

어떻게 되었냐고? 안타깝게도

다른 개미들이 모두 죽어서

누구도 그들을 풀어 주지 못했어.

늙은 개미들은

말을 함부로 쓰면 생기는 위험을

동족에게 분명히 알리지 못했다는

끔찍한 죄책감 속에서 죽어 갔어.

초록개미와 **파란개미**는 이렇게

지구상에서 영영 사라져 버렸던 거야.

이 개미들은, 언뜻 보기에는 그리 해롭지

않은 것 같지만 **함부로 쏘아붙이면**

생명을 빼앗을 수도 있는

'**말**'의 희생자였어.